J Sp 612 Hof
Hoffman, Mary
El gran libro del cuerpo

$23.99
ocn965195647
Primera edicion.

Para Juliet y Zeke – MH

Para Isabel y Josephine – RA

Nuestro agradecimiento a Alexandra Strick y Beth Cox de Inclusive Minds
por su inestimable ayuda y a la doctora Jackie Morris MB FRCP
por comprobar los textos.

Título original: The Great Big Body Book
© del texto: Mary Hoffman, 2016
© de las ilustraciones: Ros Asquith, 2016
© Frances Lincoln Limited, 2016

Publicado originalmente en Gran Bretaña y Estados Unidos
por Frances Lincoln Children's Books,
74-77 White Lion Street, Londres.

Todos los derechos reservados.

© de la traducción castellana:
EDITORIAL JUVENTUD, S. A., 2016
Provença, 101 – 08029 Barcelona
info@editorialjuventud.es
www.editorialjuventud.es
Traducción: Anna Gasol
Primera edición, 2016
ISBN: 978-84-261-4358-7
DL B 7071-2016
Num de edición de E. J.: 13.243
*Printed in China*

MIXTO
Papel procedente de
fuentes responsables
FSC® C104723
FSC
www.fsc.org

# El gran libro del cuerpo

Búscame cada vez que gires una página.

MI VIDA

## Mary Hoffman y Ros Asquith

**editorial juventud**

Barcelona

# TODOS NECESITAMOS

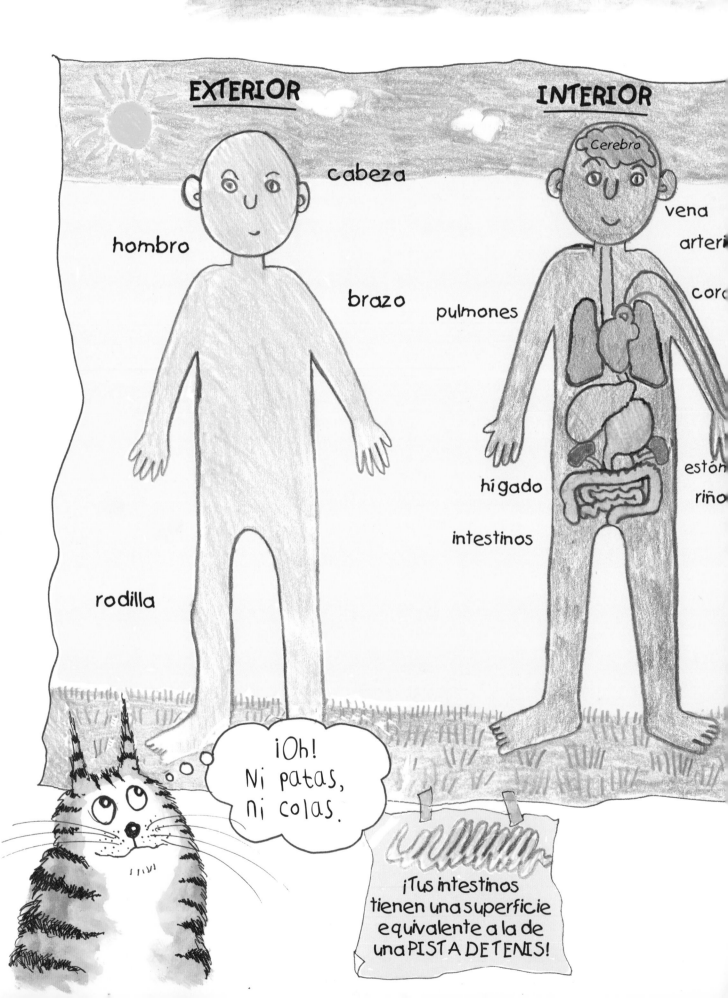

# UN CUERPO

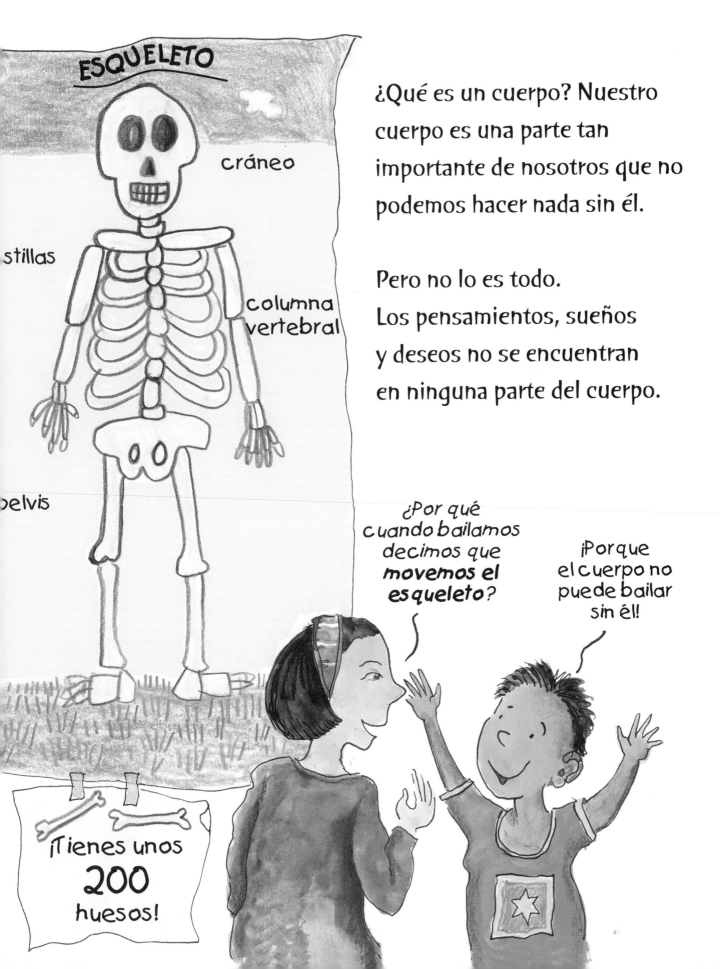

**ESQUELETO**

cráneo

costillas

columna vertebral

pelvis

¡Tienes unos **200** huesos!

¿Qué es un cuerpo? Nuestro cuerpo es una parte tan importante de nosotros que no podemos hacer nada sin él.

Pero no lo es todo.
Los pensamientos, sueños y deseos no se encuentran en ninguna parte del cuerpo.

¿Por qué cuando bailamos decimos que **movemos el esqueleto**?

¡Porque el cuerpo no puede bailar sin él!

# UNA NUEVA VIDA

¿Has visto alguna vez a un recién nacido? Son muy chiquitos, incluso los más grandes. Si nacen antes de tiempo, o nace más de uno, suelen ser aún más pequeños.

Los recién nacidos tienen un cuerpo casi completo, excepto los dientes. ¡Y algunos tienen muy poco pelo! Pero, en general, casi todos saben mamar y llorar para llamar la atención.

doctora

escritor

astronauta

Todos fuimos bebés. ¡También la Reina!

Algunos éramos gatitos.

policía

actor

profesor

dentista

bailarina

artista

¡A los seis meses, los bebés pueden sonreír!

reina

científico

conductor de autobús

# METAS

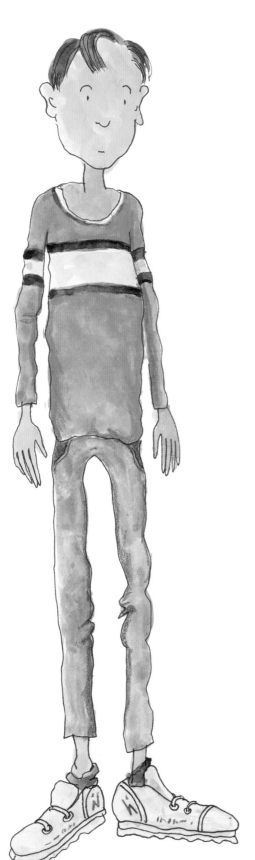

Si creciéramos y cambiáramos tanto como los bebés durante el primer año de vida, ¡seríamos gigantes! Los bebés al principio necesitan ayuda para todo y no son capaces de mantener la cabeza erguida, después son personitas a punto de andar y de hablar.

¡Queríamos que creciera... pero NO TANTO!

Los gatitos podemos andar a los CINCO DÍAS...

Crecen los dientes... y más pelo. Los huesos crecen, los músculos se refuerzan y los bebés van a gatas y dan los primeros pasos.

¿Te has lavado los dientes?

Comen otros alimentos además de leche… y lo dejan todo perdido hasta que aprenden a comer bien.

¡Usa el orinal!

Cuando empiezan a controlar los esfínteres, ya no necesitan pañales.

Hay VEINTE músculos en tu pie.

¡El músculo grande está las nalgas.

Los cuerpos tienen formas y tamaños distintos y algunos son de colores diferentes. Pero casi todos poseemos lo mismo: ojos, orejas, nariz, brazos y manos, piernas y pies. Y en el interior las partes importantes: cerebro, corazón, pulmones, estómago, hígado y riñones.

Flaco  Gordo  Medio

Alto

Bajo

Soy grande

Soy rápida

Pelo

Rizado

Liso

Corto  Largo

La mayoría tenemos ojos marrones. El 8% de los ojos son azules.

Pero no todo el mundo se desarrolla como la gente espera. Hay bebés que necesitan más ayuda para andar y hablar.

Nuestro cuerpo tiene que hacer muchas cosas, es sorprendente que pueda hacerlas todas.

Todas las huellas digitales son diferentes.

Los bebés tienen MÁS huesos que los adultos.

¡Piensa en toda la sangre que circula por el interior de tu cuerpo, y en el corazón que late todos los días de tu vida!

Los gatos somos iguales pero también diferentes.

¡Tienes 600 músculos, como yo!

Los huesos y los músculos nos permiten movernos, correr, saltar, sujetar cosas, arrojarlas, cogerlas al vuelo, transportar los bebés y la compra, tocar el piano o ir en bicicleta.

Sin huesos, nos doblaríamos.

¿Sabes que las huellas de la LENGUA son todas distintas?

¡Nuestros cuerpos son fantásticos!

Los músculos más pequeños están en la oreja.

Somos más iguales que diferentes.

# ¿NIÑO o NIÑA?

Lo primero que preguntamos cuando nace un bebé es "¿Es niño o niña?".

¡Adorable! ¿Qué es?

Un bebé.

¡Preciosa! ¿Cómo se llama?

Fred.

¿Crees que el rosa es para las niñas y el azul para los niños? ¡Pues te equivocas!

Algunos visten de ROSA a las niñas y de AZUL a los niños..

Prefiero el rosa..

Todos nuestros gatos van a rayas.

Me gusta el verde.

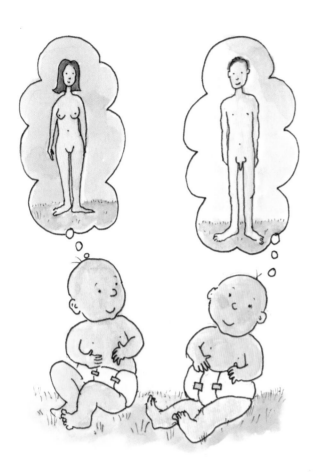

Algunas partes de tu cuerpo son diferentes, dependiendo de si eres varón o hembra.

Para la mayoría de las personas esto es así durante toda su vida... Si naces niño te conviertes en hombre, y si eres niña te transformas en mujer.

Pero algunos no se sienten completamente cómodos con el cuerpo que les ha tocado en suerte, ni todos se adaptan en el papel de "niño" o "niña". Está bien..., ¡sé tú mismo!

A medida que creces, puedes hacer más cosas.
Eres más grande y fuerte, y tienes más habilidad
para hacer cosas difíciles. Nuestros cuerpos,
con la ayuda del cerebro, descubren habilidades
cada vez más difíciles.

El cuerpo crece y cambia.
A veces se pega un estirón
y un niño crece unos
centímetros más
en un año.

# ADOLESCENTES

Todos pasamos por una etapa en la que el cuerpo cambia mucho, entre los diez y los catorce años, aunque puede ser antes o después.

No QUIERO mudar la voz y que se me quiebre.

No sufras, no es como quebrarte un hueso.

CRECER

La voz de los chicos es más profunda, les crecen pelos en la cara y en las partes íntimas. A las chicas les crecen los pechos, se les ensanchan las caderas y les sale pelo en las partes íntimas.

Puede parecer raro y alarmante,
pero nos pasa a todos en el camino
de niños a adultos.

¡Ja! ¡Granos!
Me gustan las
rayas.

Si tienes un hermano o
hermana adolescente verás
que pasa horas delante del
espejo. Es una fase en la que
pensamos mucho en nuestro
aspecto o en quiénes somos.

¿Quién soy?

# GRANDE y pequeño

A los adultos también les cambia el cuerpo,
especialmente a las mujeres embarazadas.
Primero no se nota, pero más o menos a los
cuatro meses de embarazo, crece la barriga,
y sigue creciendo hasta que el bebé está a
punto de nacer.

¿Podemos
devolver el
bebé a tu
barriga?

La barriga de la embarazada
no significa que esté gorda.
¡Piensa en el espacio que
ocupa una nueva persona
en el cuerpo de una mujer!

Los gatos podemos estar GORDOS... ¿pero podemos ser ALTOS?

Tengo una sonrisa grande.

Tengo los ojos grandes.

Tengo la nariz pequeña.

Tengo las manos grandes.

Hay persones gordas, también delgadas, o altas o bajas.

Tengo un brazo corto y otro largo.

No siempre es por comer más o menos que los demás. Algunas personas muy delgadas comen mucho y otras gordas comen menos. Las distintas constituciones están relacionadas en cómo quema el cuerpo las grasas.

Soy perfecta.

No. Eres una cabezota.

¡Mira! ¡Está esperando un bebé!

# ESTAR EN FORMA

Los alimentos nos proporcionan energía y mantienen el calor del cuerpo. Nos ayudan a crecer y a mantenernos saludables.

Necesitáis aire fresco y ejercicio.

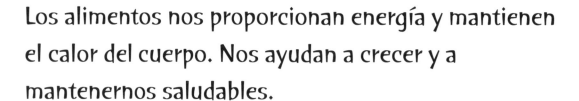

Algunos alimentos son mejores que otros. Un exceso de azúcar, grasa y sal no es nada saludable.

## COME TODOS LOS DÍAS

PROTEÍNAS (frutos secos, pescado, carne, legumbres

VERDURA (zanahorias, guisantes, col...)

FRUTA (manzanas, plátanos, peras...)

BEBE AGUA

corre MUCHO

Hay personas que practican
diferentes deportes o van a
un gimnasio. Pero otras no se
esfuerzan mucho. Les gusta
echarse en el sofá a ver la tele.
O están mucho tiempo delante
del ordenador o juegan con la
consola.

Lanabol es el fútbol de los gatos.

¡Seguramente esperan demasiado de
su cuerpo! Tenemos que movernos para
que el cuerpo funcione bien. ¡También los
escritores y los artistas que pasan horas
delante de la pantalla del ordenador o
la mesa de dibujo!

# ROTURAS, GOLPES Y ENFERMEDADES

Nadie está bien siempre. Podemos caernos y rompernos un hueso o cortarnos y necesitar puntos. Aunque no suframos accidentes, podemos resfriarnos, contraer la varicela, una gripe intestinal y sentirnos enfermos.

*No puedo ir al cole. El osito se ha resfriado...*

Antes había muchas enfermedades infantiles, pero ahora existen vacunas contra estas enfermedades.

A veces un beso no cura.

El cuerpo sabe curarse...
los huesos se sueldan,
las magulladuras
desaparecen, la piel
se cura.

No se curan todas las enfermedades,
pero normalmente no estamos
enfermos mucho tiempo.

Es varicela.

¡Ja Ja! ¡Granujiento!

No tengo granos pero estoy enfermo.

# USAR NUESTRO CUERPO

Algunos pueden correr muy rápido o tocar el violín o bailar,

o escalar montañas o hacer complicadas operaciones a otras personas.

# USAR NUESTRA MENTE

No podemos hacer esto si no usamos el cerebro.

Y el cerebro es otra parte del cuerpo.

¿Crees que tu cerebro es lo mismo que tu pensamiento? Los médicos pueden escanear un cerebro humano, pero no pueden saber lo que piensas o lo que sueñas cuando duermes. .

# LOS CINCO SENTIDOS

Dependemos de cinco sentidos para enviar mensajes al cerebro para que sepa qué sucede a nuestro alrededor. No todo el mundo puede hacer uso de todos los sentidos.

Uso el tacto para leer

Yo uso gafas

*Vista* – Los ojos pueden hacer muchas cosas, desde medir distancias a ver los colores y reconocer a personas y lugares conocidos.

*Oído* – Los sonidos viajan a través de nuestras orejas y podemos distinguir entre fuerte y suave, disfrutar de la música y reconocer las voces de nuestros amigos, sin verlos.

¡Si no oímos, hacemos señales!

Dicen que los gatos tenemos un sexto sentido... ¿Dónde está?

**Gusto** – Todos tenemos unos sabores preferidos. A los niños, seguramente les gusta el sabor de los dulces, pero el adulto puede que prefiera el café o las aceitunas.

¿Los bebés notan su olor?

**Olfato** – Está muy unido al gusto. Si perdemos el sentido del olfato cuando estamos resfriados no percibimos bien el sabor de la comida. Tenemos olores preferidos..., pan recién hecho, chocolate caliente, patatas fritas.
¿Cuáles son los tuyos?

**Tacto** – Las yemas de los dedos son una de las partes más sensibles del cuerpo. Notamos la diferencia entre duro y blando, áspero y suave, y sabemos qué estamos tocando aunque no lo veamos

Cinco sentidos

👁 Vista
👂 Oído
👄 Gusto
👃 Olfato
✋ Tacto

Señorita, y el sentido del humor ¿dónde está?

# FAMILIAS

Nuestro aspecto, y puede que la manera de funcionar de nuestros cinco sentidos, dependen en parte de nuestros padres y abuelos. Algunas cosas, como ser pelirrojo o tener buen equilibrio, son hereditarias. También tener buen oído o saber dibujar o ser bueno en matemáticas y ciencias.

Mi abuelo es jamaicano, la abuela es pelirroja, mi padre es ciego y mi madre es acróbata. ¿Y yo? Tengo cosas de todos.

Si en la familia hay gemelos,
tenemos más probabilidades
de engendrar gemelos.

Tiene
mi pelo.

¡Imagina que eres un cuatrillizo!
Y que tenéis cuatro bebés
al mismo tiempo...

¡Ja! Solo
cuatro. Yo tengo
seis.

# CRECER HACIA ATRÁS

Cuando nos hacemos muy mayores, empiezan a pasar cosas parecidas a cuando éramos niños. El pelo es más débil y muchas veces se pierde por completo. Los dientes que han tenido dificultades para salir, pueden caerse.

¿Va a la fiesta de los abuelos?

Solo si hay baile.

Tenemos mucho en común.

Teiichi Igarashi
¡Escaló el Monte Fuji a los 100 años!

Mary Wesley
¡Publicó su primera novela a los 71!

El violoncelista Pablo Casals
¡Dirigió su Himno de la Paz a los 94!

La abuela Moses
¡Empezó a pintar a los 70!

Tal vez no somos tan activos cuando envejecemos. Pero actualmente se vive más y podemos estar en buena forma y sentirnos bien a los cien años y más. Muchas personas mayores disfrutan mucho y atesoran toda una vida de recuerdos.

MI VIDA

# MORIR

De todas formas, llega un día en que
el cuerpo dice basta y la persona muere.
Entonces la palabra "cuerpo" adquiere otro
sentido..., lo que queda después de la muerte.

Puesto que queremos a aquella persona,
tratamos su cuerpo con respeto.
Pero no es quién era, ¿verdad?

Es la persona que vive en nuestra memoria,
su risa o su forma de hacernos sentir bien
cuando estábamos tristes, o los ricos
pasteles que hacía.

# DIFERENTES aunque IGUALES

Nosotras, las dos personas que hemos hecho este libro, somos de aspecto muy diferente. Ros es alta y delgada, y Mary es bajita y redondita. Pero las dos somos mujeres, tenemos hijos y hemos utilizado nuestros cuerpos, y nuestras mentes, para ofreceros este libro.

El gran libro del cuerpo

Mary Hoffman · Ros Asquith

El gran libro del cuerpo

Mary Hoffman · Ros Asquith

¿Yo? Soy pequeño y PELUDO.

Esperamos que os haya gustado y que os lleve a pensar acerca de vuestro sorprendente cuerpo y de todo lo que puede hacer.

¿A cuál te PARECES?

# UNAS PALABRAS ÚTILES

**Cerebro** – Es el órgano que se encuentra en el interior del cráneo. Envía y transporta mensajes a los músculos y a los órganos y también piensa por nosotros.

**Corazón** – El corazón es un músculo muy fuerte que bombea la sangre a todo el cuerpo.

**Cuatrillizos** – Cuatro bebés al mismo tiempo dentro del cuerpo de una mujer.

**Embarazada** – Una mujer embarazada lleva un bebé dentro de su cuerpo.

**Estómago** – Es una bolsa elástica en la parte izquierda del cuerpo, debajo del tórax, que tritura los alimentos antes de mandarlos a los intestinos.

**Hígado** – Un órgano que ayuda a limpiar la sangre.

**Huesos** – Todas las personas tienen un esqueleto hecho de huesos. Los huesos son duros y forman la estructura de nuestro cuerpo. Nos ayudan a movernos y a mantenernos erguidos, y protegen nuestros órganos internos.

**Intestinos** – Son unos tubos musculares que se extienden desde el estómago donde se extraen los nutrientes de los alimentos, hasta el ano por donde se expulsan las materias fecales (caca).

**Mellizos** – Dos bebés al mismo tiempo dentro del cuerpo de una mujer.

**Músculos** – Capas de tejido que se estiran y se contraen para hacer posible el movimiento del cuerpo.

**Órganos** – Partes del cuerpo que tienen una función particular muy importante, como el corazón o los riñones.

**Piel** – ¡Es el órgano más grande del cuerpo humano! Es una capa de tejido elástico que cubre todo el cuerpo.

**Pulmones** – Dos órganos en el pecho que inspiran oxígeno y expiran dióxido de carbono.

**Riñones** – Un par de órganos que eliminan las sustancias tóxicas y producen la orina (pipí).

**Sangre** – La sangre transporta substancias importantes, como nutrientes y oxígeno a las células y elimina los residuos de las mismas células. Una célula es la estructura básica de todos los seres vivos, incluidos los humanos.

**Vacuna** – Una inyección o una medicación para prevenir enfermedades infecciosas.